92歳　バカにしないで

美香

目次

まえがき

戦後75周年が過ぎ、なぜ戦争をしたのか、いまだに理解できません。
お国のためにと戦死した大勢の兵士。
国民は勝つまでは、と辛苦に耐えた。
二度と戦争をしないためにも、各諸国と良き交友関係であってほしい。
92歳の私、長い人生、喜びも悲しみもつらかったことなどを記しました。
御一読いただきますれば、大変倖せと存じます。

冨田美香

母の愛は、私の心の中に

私が産まれ育ったところは小さな農村であった。西方には養老山脈、遠く北を望めば伊吹山連峰、実にのどかな農村であった。太平洋戦争が始まってからは、若者は皆、戦地へ、歓呼の声に送られて、残った者は田畑に、働けないような老人ばかり。

昭和20年6月のある日、友達と二人で日赤病院へ傷病兵の見舞いに行く決心をした。なんと言っても多感な年頃、15歳の二人、親には内緒で小指を切って血染めの日の丸のハンカチを作り、畑に咲いた草花を束ねて、意気揚々と出かけた。

しかし、私達は兵隊を慰問するために行ったのだが、反対に私達が慰められる結果となってしまった。それは大勢、傷病兵の人達が寄ってきて「可愛い、可愛い」の連呼で穴があったら入りたいくらいの気持ちでいると、皆で肩を組んで「勝って来るぞと勇ましく、誓って、家を……」と大合唱、私達も仲間に入り歌った。皆で楽しんでいるところに白衣を着た看護婦が入ってきて優しい言葉をかけ、一人ひとりの処置を手早くしていかれる姿に感動した私は、その時、〝私も看護婦になるんだ〟と心に誓ったのも、この日、この時だった。

この時は父も母も「そうかえ、そうかえ」と嬉んで私の話を聞いてくれたのだ。しかし、それから半月後に従軍看護婦の募集があり、私は〝これだ、これに行こう〟と決心し、母に広告を見せ、「母ちゃん、これに行きたい」と言うと、「和子、こんなところに行ったら死んで帰ってこれないよ」と驚き声を震わせて私を叱った。

「母ちゃん、戦場に行くのじゃぁーないよ」「傷付いた兵隊さんのいる病院は安全な場所だよ」と本当は知らないけれども知っているふりをした。

母は私を信じて、「そうかい、そうかい」と言ってくれた。私は母が許してくれたものと思い込み、申し込みに行くことにした。

ところが母が涙を流しながら「和子、よーく考えたかい。そんなところに行ったら、死んで帰ってくると思うと悲しいよ。でも、和子が決心しとるなら止むを得まい」と言って私を抱きしめて、泣く母の姿に私の決心も潰れそうになった。

ところが一歳年下の弟が、父に私達の話を密告したのである。さあ大変。まるで鬼の形相で、私達の前に飛び込んで来て、母の髪の毛を片手でつかむが早いか、ひきずり回し、挙げ句の果て、母の顔面を殴り、切れたのか血が流れ出し、私が飛び込み、「父ちゃん許してえー」と叫んで父の手をつかむと、身体ごと飛ばされた。

母は心の底から叫んだ。「私は殺されてもいいから、和子の願いを叶えてえ……」と言った後は、あまりのショックで気を失ってしまった母。「母ちゃん、母ちゃん」と泣き叫びながら、私は母の身体を、父が抱きかかえ、「悪かった、悪かった」と言った時の顔の相は正気に戻ったのか鬼の形相ではなく、目には涙さえ浮かべていた。私はこの時ほど「自分ほどの親不孝者はない」と、泣き泣き洗面器に冷水とタオルを持って来て、母の血だらけの顔を拭いた。父に抱かれていた母はやっと正気に戻ったものの、ぐったりして何も言えず、涙だけが流れていた。

そして、母の顔は大きな傷口と内出血のためか赤色から紫色に変化していった。どのように詫びても詫びきれない親不孝の自分を責めて、母の顔を冷やし続けたが、紫色の状態は取り去ることはできなかった。

そのため、私は二度と従軍看護婦に行くということは言うまいと決心したのであった。

上記のような修羅場の後に父は平常心に戻り、再度頭を下げ「悪かった。許しておくれ」と言った後、

「お前達、何もわからんだろうが、今の日本の状況がわからんかい。アメリカのB29（戦闘機）は日本の空を我が者顔をして編隊でやって来る。その度に我々は防空壕に逃げ込む。頭上を通り過ぎるとまるで〝モグラ〟のように防空壕からそっと出てきて、北を眺めると岐阜市街は真赤に火の海、さらに

南を眺めれば名古屋市街、震え上がるほどの思いをしているのがお前達にはわからないのか。これで日本が勝っていると思うのか」

このような小さな村でも兵隊に行った。若者二人が遺骨で帰って来た。親は「お国のためです」と、人々には言っているが、家の中では遺骨の前で大泣きをしている、と聞いてきた。

このような日本の現状に「和子、従軍看護婦に行くのは、死にに行くのか……」と大きな声で私は叱られた。

父に悟されて一筋に思い込んでいた私。大泣きしたものの、父親の愛をひしひしと感じて、深く反省した私は「父ちゃん、二度と言いません。許して下さい」と頭を下げた。父も〝ホッと〟安心したのか抱きかかえていた母の紫色になった顔をなぜて「悪かったのうー。悪かったのー」と何度も言い続けていた。私は初めて優しい夫婦愛を見た。

上記のような修羅場があったのは6月の中頃であった。それから二か月後の昭和20年8月15日、天皇陛下からの玉音放送があり、戦争は終結した。

私達家族はラジオの前に座って聞いた。

その時、父は言った。

「戦争は終ったのじゃない。敗けてしまったのだ。これからが大変だ。市中は焼け野原。相当の年数をかけなければ立ち直れないだろう」

「和子、従軍看護婦に行っていたら死んでいたぞ」

親なればこそとありがたく感じた。

母は紫色になった左の顔を隠すために、一日中、手拭いでいる姿を見るに付け「母ちゃんごめんねー」と優しく、そっと手でなぜた私。それ以来、私達家族はもめ事もなく平和に暮らした。

そして私は、国民学校卒業と同時に看護学校に入学することになり、父と母も嬉んでくれた。

看護学科二年、助産婦一年、保健婦一年、計四年を経て、やっと一人立ちをすることができた。昔はすべてが検定試験であって、後に国家試験に移行した。そして看護婦から看護師になった。私は保健婦として、県立保健所に勤務することになった。

いつ、どこにいても忘れられないのは「私は殺されてもいいが和子の願いを……」と言うなり失神してしまった母の大きな愛は、私の耳に残り、そっと涙を拭うのだった。

破れ靴を履いていた私

昭和20年。終戦後、交通の便は悪く、車という車は走っていない。電車だけが我が物顔でいっぱい人を乗せ、チーン、チーンと音を鳴らし走っていた時代だった。

県立保健所であるから、県内の仕事をせねばならない。特に戦後は結核・性病・栄養失調などが多く、私は小学校の予防注射のために農村の小学校へ、電車を降りてから一時間あまりも歩かねばならず、靴は減り、破れかけていた。それだからといって、下駄や素足で行くわけにもいかない。もちろん、焼け野原に靴屋などあるはずがない。電車に乗るたびに恥ずかしい思いをしていた。私のその足元をそっと見ていた一人の青年がいた。

ところがある日、その青年が私の側に来て、小さな声でそっと「これは亡くなった私の妹の靴です。よろしかったら履いてください」包み袋を私の手にそっと握らせた。

私は驚いて、名も知らぬ青年から受け取るわけにもいかず、「これはいけません」という間もなく、彼は電車から降りて行ってしまった。私が降りる駅の二つ手前であった。

保健所に着くなり渡された包みを開けてみて驚いた。私が履いたこともない立派な革靴。しかも新品で黒と茶。こんな立派な靴を名も知らぬ青年から受け取るわけにもいかず、翌日持って行った。

「こんな立派な靴をいただくわけにはいきません」

にっこり笑った青年は「お気に入りませんでしたか」

「いいえ。もったいないくらいです」

「お気に入りましたら履いてください。妹も喜びます」

名も知らぬ青年は「じゃあ……」と手を振り、駅を走り去って行った。

父や母にこの靴を見せて話したら、父が「戦後の世の中、どのような悪い男が現れるかしれない。いろいろな話を聞かないといかんぞ」と、私を案じて、初めから悪い男と見込み心配してくれた。

私達は名前も知らない同志。

私は破れ靴から革の素敵な靴に変わったことが嬉しくて、意気揚々と電車に乗ることも、小学校の予防注射にも喜んで行った。

二、三日後、互いに名前を言えるような機会ができて、「私は林田です」と、にっこり笑いながら教えてくれた。

私は、「加藤です」と、頭をペコリと下げた。ただし、林田と加藤が言葉を交わすのは〝たった〟の二駅の間しかない。

ある日、彼が、「私の降りる駅の近くに五、六人しか入れない小さな喫茶店があります。日曜日に一度お話してみませんか」

私は喜んで承知した。約束の日に行ってみると、本当に焼け跡から拾い集めた柱で建てた小さな喫茶店。二人で話ができるだけでもありがたいと思った。

彼の家族は焼け出されて、ある家の一部屋を借りての生活。

彼は防空壕での生活。食事は六畳一間に生活している両親の部屋で、防空壕で寝る始末。戦争が終わり、予科練兵から帰ったものの、家は焼かれて、探してもさっぱりわからず。「もちろん、両親も生きているのか、死んでいるのかさえわからず、尋ねて回ること三日間もかかり、やっと見つかった時は嬉しかったですね。両親も私が生きて帰ったことに泣いて喜びました」

「戦争が終わって良かったですね。十日も後でしたら、順番待ちをしていた予科練兵として敵地に飛び立っていましたよ」

私は彼からそのような話を聞いて、こうして逢うことができたのも、神様のお力のようにも思え、涙がひとすじ流れ落ちたのをそっと拭き取った。

彼と逢った初日は、予科練兵の話で二時間も経ち、店主にお詫びを言い、退所することにしたが、駅に着くまでに、次回逢える日と、彼が勤務しているところは〝電信電話公社〟だと教えてくれた。

「私は保健所で〝保健婦〟をしております」と言ったら、「ええっ！」と驚き「私よりは偉いなぁ……」と笑わせてくれた。

二人が降りる駅の間は二駅しかないが、二人で話せたことがとても楽しかった。


家に帰り、両親に彼が言ったことをすべて話した。

「素敵な青年だ。勤務先も間違いない」安心した両親は喜んでくれた。

「次回逢う日には、お米を持って行くように」と母が言ってくれたので、当日米を持って行き、彼に手渡したら大喜びで、「母がどんなに喜びますことか。毎日、〝ぞうすい〟や〝おかゆ〟にして食べている状態で、今ではお米は金ですよね」と大笑いをして受け取ってくれた。私は、立派な靴を2足もいただいたことに感謝し、破れ靴を履かずに通えることの嬉しさのお礼を言った。

同時に保健所から小学校に破れ靴を履いて通い、時には、「破れた靴！　破れた靴！　やぁーい！」と、大勢の小学生に笑われたことなどを話して、二人で大笑いした。「妹もきっと喜んでいますよ」と亡き妹のことを思い出したのか、ぽつりと言った。それ以来、彼とは月に一、二度逢って楽しんだ。

約半年くらい過ぎた頃に、彼が私に「あなたのような人と結婚したいのですが、できないのですよ」

私は突然のことで驚き、「どうしてですか」と尋ねると、彼は「私は、防空壕生活。家を建てることが第一。唯今、大工さんと相談中です。でも、焼け跡の中にとても良い柱があるそうです。その中から一本ずつ拾い集めて削ることで新品の柱になるのです。檜の素晴らしいものがあるそうです」

彼はとても穏やかな性格で、話を聞いていても楽しく、あっという間に時間が経ち、いつ逢ってももっと時間がほしいと思った。

結婚の約束もしていないのだが、まるで婚約者のようになってしまった。

それから約一年あまり、月に一、二度逢っているうちに、彼が「家が出来上がったので見て下さい」と言い、私は驚いた。毎月、彼と逢っていたが、家の話は最初に聞いただけで一度も聞いていない。

案内されて彼の家に行ってみると、両親に歓迎され、驚いた。大きな家ではないが真新しい柱。焼け跡から拾い集めた柱とは思えない。新築の家の大黒柱に、「戦争を忘れるな」と彫り込んであるのは、さすが〝彼らしい〟と思い、眺めていると、「それは子から孫にと伝えたくて」と彼は言った。戦争を知らない子供達への願いであった。

私達二人は、一度も「結婚しましょう」と言ったこともないのに彼は、「小さな神社があるから、家族同士で式を挙げましょうか」

彼は、私が結婚するものと考えているのには、少々驚きもあったが、明るく、静かな性格で私にはもったいないと思っていたので、「よろしくお願いいたします」と伝えた。私は21歳、彼は25歳だった。我が家の両親も大喜びで、たった六人で小さな小さな神社で式を挙げた。

私の主人となった彼が「防空壕のモグラ生活から新築の家は天と地だ」とも言った。よほど嬉しかったに違いない。夫婦になった二人は、姑様の弁当をいただき通勤。幸せな家族だった。

私達夫婦の間には、子供（男の子）が産まれ、成長とともに私達も歳を取り、主人が退職する頃には、息子は公務員として頑張り、結婚と同時にマンション住まいをした。私はマンションの快適な生活に魅せられてしまったので、新築マンションの売り出しの見学に行くことが何より楽しみで、ある日、主人に、「見学するだけでよろしいから一緒に行きませんか」と言った。

黙って返事もなかったが、やむを得ず、「見るだけだぞ」と答えてくれた。

最上階の8階に上り、ベランダに出て眺める間もなく、

「おぉ、これは素晴らしい！」「おぉ、これは凄い！」

ため息ばかりで、ベランダを行ったり来たりで、外の景色に魅了されてしまったようだった。

無理もない。緑公園の山々は紅葉の真っ盛り。それはそれは、言うには言い尽くせないほどの美しさに目を奪われたようだった。11月29日であった。なお、マンションは角部屋二面がベランダになっており、緑地の反対側は高い湾岸道路、車が昼夜走り続けているようだ。特に夜などは美しく、走り続けた先は天国に登って行くかのように消えていく。まるで幻想の世界に誘われたようだ。

「ねぇ～、あの車に乗って天国に行けたら幸せですね」

「あぁ、実に幻想的だ。きれいだ」

といつまでも二人は眺めていた。

夕方近くになり、「よっしゃぁ～！　このマンション買った！」と言った時、私を喜ばせるために嘘を言ったのだろう、と思ったのだが本当だった。

「俺はマンションなんか絶対行かないから、お前一人で行け」

と言っていた主人が、「見学だけだぞ」といやいや私を車に乗せて来たのに、まるで〃ミイラ取りがミイラ〃になってしまった。

望みがかなった私の喜びは、言葉にならないほど嬉しかった。嬉しくて泣いた。

受付で契約金を納めて、下まで降りてきた時、主人に
「お金は？」と尋ねたら、

「マンションの倍くらいの株や土地があるから、銀行に行けばいくらでも貸してくれる」

何もわからない私はそれを聞いて安心。

ところが、翌日銀行へ行くと、課長が言った。

「たとえ1億の保証を持って来ていただいても、60歳以上の方には貸し出しはできないことになっております」

考えてみれば、私達は老人の老人であったことに気がついた。喜び勇んで来た私達は言葉もなく〝ガッカリ〟してしまった。

主人は悩んだ。

〝株を売るか〟〝売るには早い〟〝家を売るか〟〝家は一か月や二か月では売れない〟

主人が悩んでいる姿を見ている私はとても辛かった。

そのような日から四日目に息子が来て、来るなり

「どうしたんだ。浮かない顔をしてるが、どこか身体が悪いのか」

「いや、身体は悪くないが、マンションを買うつもりで銀行に借りに行ったが、60歳以上は借り入れはできないですってぇ」

息子は驚いた様子で、

「ええっ！　マンションだって！　老人ホームを買うと言うなら、そうか、と言えるが、歳を考えなさいよ」

「私は死ぬまでに一度高いところに住んでみたい。鳥のように。それが私の願いなのよ」

三人はしばらく無言のままだった。

息子が、

「本当に行く気か」と念を押したので、

「本当に行きたいです」

「じゃあ、四日間待ちなさい」この言葉に驚いた私は、「何か悪いことでもしてくるのじゃあないでしょうね」と、つい言ってしまった。

「そんなことしたら、役所にはいられないよ」と大笑いしたので、私も主人もやっと安心したものの、３０００万近い金をどうやって作るのかわからなかった。

息子の約束通りに、主人の通帳に振り込まれていたのには驚いた。あまりの速さに親は心配。電話で尋ねると、「本庁の役所の中には銀行が入っているんだ。私の名義で借り入れしたんだよ」という説明。嬉しかったのと聞いて安心。信用借りのようだ。

〝若さほど良いものはない。若さは金の卵だ〟とつくづく感じた。この時、しみじみ我が身の歳を考えた。主人は84歳、私は81歳。老人の老人であった。それなのに私の精神状態は70歳前後のままで先に進まず、老人だという気持ちは更々ない。これも健康だから、とも言えよう。

その後、家を売り、息子に返済をした。助けていただいたお礼に50万円わたすと、「おぉ……、こんなにもらっていいのか。金のいる時は、何度でも言いなさいよ」この時も、〃若さは金だ〃と老人の悔しさをつくづく感じずにはいられなかった。

私達は長い間、夫婦げんかをしたこともなく、平和な生活を送ってきたが、老年になって意見の食い違いで、主人は初めて、「お前とは生活できない」と言い、銀行通帳や印鑑、自分のすべての持ち物を持ち、「お前にこのマンションはやったからな～」と言い残して、車で出て行ってしまった。虫の居所が悪かったのか……。こんなことになってしまったことを後悔してもしきれず大泣きした後、警察に頼るほかないと考え、家出人として電話を入れたところが
「車の色は?」「ナンバーは?」「髪の毛の色は?」「洋服は?」「靴は?」

「いつも行くのは西か、東か?」

その他にもいろいろ尋問が約25分経ってもいまだ終わらない様子に、私は怒れてきて、「お巡りさん、こんなに時間がかかったら遠くに行ってしまいます！　私、タクシーで探しますので止めて下さい」と言うと、すごく怒って、「何も知らぬ人を探すのは大変ですよ。間違えて指名したら、それこそ大変なんですよ」と付け加えた。

まず、私は身内に電話を入れた。電話に出た甥が、「あんた達は若いね。老人なんかけんかしないよ……」と高笑いをしたのには悔しかった。やはり、私達は老人かと、またも考えさせられた。

主人と行った道、行った場所、東に西に、南に北にとタクシーで走り回ったが見つからず、タクシーを止めて考え直した。運転手が言った。「ただ走って走ってで、メーターばかり上がってますよ。意外と近いところですよ」

この言葉にハッと思い浮かんだのが、近くにある、長い間二人で散歩した緑公園の大きな駐車場であった。

早速、駐車場へ行った。たくさんの車がある中、念を入れて一台ずつ調べて回った。一番奥の方に一台の車を見つけた。

31－21の車体番号。

「あった！」

この時の私の喜びは、天に上るほどの喜びであった。そっと近づき、車内を見た。主人は椅子を倒し、ぐっすり眠っているようだ。起こすのも可哀そうだし……と考えていたが、でも、いずれ起こさねばならない。

勇気を出して、車窓ガラスをそっとコーン、コーンと叩いた。音に気が付いたのか、起き上がり、「おぉー……」と言って、「よくもこの場所がわかったなぁ……」とにっこり笑った。私も涙とともににっこり笑った。それだけで二人は理解できたのだ。夫婦はいいものだ。夫婦ほどよいものはない。

夫婦の絆は切っても切れない。それなのに自由という現代の若夫婦はいとも簡単に別れてしまう。その心、気持ちが私には理解できない。あまりの嬉しさに、乗ってきたタクシーのことをすっかり忘れていたら、運転手が傍に来て、私の肩を叩き、「メーターがたくさん上がりましたよ」と言われて請求書を見て驚いた。3万8千円。それだけ走ったんだ……。その時、主人が「私が払うよ」と、財布から4万円取り出し、支払ってくれた。深くお礼を言うと、「夫婦だからなぁ〜」その言葉に二人は顔を見合わせ大笑いをした。家に向かう車の中の二人は、まるで旅行の帰りのようで言い争ったことなどすっかり忘れて家に帰った。私達は夫婦になって60年近くだったが初めてのこと。二人がにっこり笑えば解決。本当に夫婦ほど良いものはない。

その後、主人は友達に誘われて、老人デイサービスに行くことになった。特に囲碁ができ、麻雀もできると言って大喜びで、毎日、送迎バスに乗って通うことになった。私も興味を持ち、まず、デイサービスを決める前に見学することにした。

デイサービスは花盛り（老人の福祉施設）

「おはようございます。あと5分でお迎えにあがります」この挨拶、皆さんは知っているだろうか。バスや電車を乗り継いで出勤されてる若い世代の人達から「えぇ～」「いいなぁ～」と羨ましがる声が聞こえてきそうだ。昔ならば、県知事、会社の社長クラス扱いしかなかったはずである。

ところが現在、日本の福祉はヨーロッパに追いつけ、追い越せで、世界でも優位な福祉国家と言えよう。

しかし、その福祉内容を知らない若い人が大勢いる。老人の私でさえ、ついこの間まで全然知らなかったのだ。

福祉支援の介護を受けたことにより、その内容と説明を聞き、〝目からウロコ〟とはこのことで、驚きの驚きだった。

「たとえ老人といえども、こんなに世話になって良いのだろうか」

と心の中で反論と感謝の気持ちが交差して、係員の人に、

「これでは国家がたいへんですよ」

と言うと、

「あなたがそのような心配をする必要はない」

と、一喝のもとに叱られた。

「でも、四、五年もすれば、団塊の世代が押し寄せてくるじゃないですか」

またも食い下がった。

「あなたは政治家でもないのですから、ご自分の身体を真剣に考えてくださいよ」

またまた叱られた。相当ご立腹のようだ。思い返せば、子供の頃、隣のおばあちゃんは寝たきり。若人は戦場へ。残った家族は畑仕事を。介護する者はなく、尿の垂れ流しゆえに畳は腐り、臭うので、毎日、屋外に干してあり、私達子供は鼻をつまみ、その場を走り去ったものである。

時すでに昭和16年12月8日、太平洋戦争に突入。日本の津々浦々で戦争一

色の時代であった。よって、あの時のおばあちゃんが現代ならばどんなにか幸せであったのにと追憶する次第である。

私もとうとう91歳の老婆と相成り、前述のデイサービスという施設に世話になることになった。「あと5分でお迎えにあがります」の電話にて、慌てて支度をし、その車に乗り込んだ。すでに乗っている四、五人の人達に「おはようございます」と挨拶したが、誰一人からも返事が返ってこない。〝変な社会だなぁ。挨拶をしてはいけないのか……〟と思いながらも、〝いやいや、そうではない。これは老人なるがゆえに、精力も言葉も失ったのだ〟と我が心を慰めながら、気持ちを落ち着かせた。

玄関に着くと、職員が一斉に出迎えてくれ、

「おはようございます！」

同時に各自の名札の前に案内され、椅子に腰を下ろした。毎日、家庭で自由に動き回り生活していた私には、浦島太郎ではないが一挙に老婆の気分になってしまった。

〝これでは私の意志に反する。困ったなぁ……〟

所内を眺めると、男女合わせて約八十人くらいの老男老女が集っていた。これだけの老人を送迎するのに、車もさることながら運転手は大変だ、と思った。

皆は机に向かって何をしているのかと不思議に思い、そっと覗いてみると、小学二、三年生くらいの脳トレーニングをしていた。私も脳トレをしなければならないのかと思い、棚に積み上げた中から一枚持ってきたが、

〝自由奔放に生きてきた私が、今さらこんなまじめなことはできない。いやだ、いやだ〟と、返しに行き、本棚にあった皇室一族の本を持ってきた。

さすがに施設は健康管理が行き届いている。体温、血圧、脈拍と済んだ後には驚いた。

喫茶店でもないのに
「コーヒー、緑茶、ジュース、何がよろしいですか」

と、一人一人に職員が尋ねて回る。

80人もの老人に間違いなく運ばれてくる。慣れとは言え〝立派だ〟と感心した。私ならば、きっとあちらこちらで間違えて、「ごめんなさい。ごめんなさい」と頭を下げ、運び直しをしていることだろう。

そして、私はコーヒーをすすりながら見て見ぬふりをして、東の端から西の端まで〝ズイー〟と老人達の様子を眺めてみた。全収容者の三分の一は車椅子。まるで魚が〝スィー、スィー〟と泳ぐように、実に上手に右往左往動いているのに感心した。あとの四分の一くらいは杖を頼りに〝コットン〟〝コットン〟と歩いている。あとの残りの老人はほとんどが、認知症の軽症の人達のようであるが、重症の患者ともいえる人は大変で、職員が付きっきりのようだ。玄関は、鍵がかけてあるのだが、外出が大好きのようで絶えず職員が手を引いて所内を歩いている。

時には左右に二人連れで歩いているが、気に入らないと手を振り払い、怒鳴っている。しばらくすると、〝けろり〟と忘れて、〝にこにこ〟笑って歩き出す。他から見ていると、まるで子供のようで認知症って幸せだなぁ……、と感じた。

私が所内の様子を眺めると同時に80人もの収容者が一斉に私の方に目を向け、新人が来た、とばかりに熱い視線が向けられていることに気が付いた。私は恥ずかしくて机の下にでも潜り込みたい気持ちであった。

やがて昼食の時間となり、一人一人の名前入りの膳が運ばれてきた。私は、健康のために粗食を常としてきたので、メニューを見て美味しそうだなぁと喜んでいたところに、どこからか
「こんなもの食えるか！」と怒鳴り声。

同時に
「食えなんだら食うな！」

もちろん、二人の男の声に、一斉に怒鳴り声の方に全員の視線が集中した。

「こんなもの食えるか！」

と怒鳴った老人は拳を振り上げ、左足を引きずりながら立ち上がろうとしたところへ二人の職員が駆け付け、取り押さえた。

その速さは警察よりも速かった。職員は、絶えず気配りと千里眼の目を持っていることに感動した。拳を振り上げた老人は、奥の部屋に連れられて行った。行ったきりで姿を現すことはなかった。私は一品ずつ味わいながら食べてみた。実に美味しい。それに手作りのため温かくて家庭の味がする。どうして「こんなもの食えるかぁ！」などと常識ある者が言える言葉じゃない。私は考えた。〝さすれば、怒鳴り声の認知症なのだ〟と気が付いた。認知症にもいろいろな種類があるとのこと。やむを得ない。むしろ、気の毒だと思う。ところが食事中だというのにざわめきの声がやかましい。

老人達は長い人生に身体こそ弱り、何もできないが口だけは達者で連れ去られた老人の批判をし合っている。

午後になり、カラオケが始まった。これがまたおもしろくて笑えてきた。我先にと席を取りに走りこんでくる、カラオケ野郎達。

「俺だ」「私だ」

と順番を争う姿に笑えてきた。

きっと、若い頃はカラオケ喫茶に通い、美声を唸らせ、歌手になった気持ちで歌っていたのだろう。一番先に席を取り、歌い出した老人は、やはり歌手になりきりマイクを振り回して歌っているが、音が外れていて何を歌っているのかさっぱりわからない。誰も拍手をしなかったら、怒ってどこかへ行っちゃった。

〝認知症の一人かなぁ……〟

メロディーに乗って、上手な人、下手な人と次から次へと歌は流れていったが、最後の頃に落ち着いた男性がステージに上ると皆の拍手と同時に「待ってました！」の掛け声。

静かに歌い出したのは、〝青い山脈〟実に素晴らしい歌声で流れるように、しかもビブラートの効いた歌い方。これは只者ではない、と私も感じた。そして、デイサービス内にいることも忘れて、山に登ったような気分ですがすがしい思いであった。所内全員が大拍手であった。あとでわかったことだが、昔はテレビなどに出ていた有名な歌手であった。私が冒頭で申し上げているように、そのような有名人であっても、命あらば〝老〟を避けることはできない。ある人が言った。

「私は、この有名歌手の歌が聞きたくて毎日来ている」

私も同感し、なるほどと思った。


カラオケが終わると〝レクリエーション〟であるが、とにかく半身麻痺の人も車椅子の人も全員参加のために〝軽い、軽い〟ビニールボールが主体のレクリエーションであるがゆえに、そのしぐさがおもしろい。私が動かないで肩だけで動いているので、皆がドッと笑う。

レクリエーションが終わると午後3時のお茶の時間である。喫茶店並みのコーヒーと可愛い小さなケーキに驚いた。またも、老人がこんなに大切にしていただいて良いのかなぁ……と、反省とともに感謝の気持ちでいただいた。大勢で食べるのは美味しい。

午後4時ともなれば皆が帰り支度。各々に持ってきた手提げ袋を机の上に置き、送迎車に乗る順番を待つ。

送迎車は、玄関前に列をなして待っている。四、五人ずつ、マイクで名前を呼ばれるのだが、各々〝誰々様〟である。私はまた、なぜ〝様〟を付けるのかと、心の中で反論したくなる。ところが、笑えてくるのは、まるで永久の別れのように大きな声で皆に「さようなら、さようなら」と手を振り振り、送迎車に乗り込むのである。やはり、老人の心根は淋しいのかもしれない、と感じた。そして、真っ赤に燃えた夕日が西の空に沈む頃、その光を浴びながら老人を乗せた送迎車は、次から次にと走り去って行く。その様は、勇壮そのものであった。

最後に、玄関前にずらりと並んで、送迎車を見送った職員の皆様に、お疲れさまでしたと、心からお礼申し上げたい。

私が、初めてデイサービスを体験した一日であった。

俺は三河の山賊じゃあー。何者なのか

国の福祉関係の職員で、介護者を指導する立場である〝ケアマネージャー〟といわれる人から、「デイサービスは一か所で決定するのではなく、お試しと言って二、三か所見学して見合った所に行くのがいいですよ」と言われて、なるほど、福祉がこれほど細やかな人間味のある心を取り入れた内容には、またまた驚きであると同時に考えざるを得なかった。

こんなに老人は甘えても良いのか。〝辛抱するところはしなければならない〟と心の中でまたも反論するが、結果は感謝、感謝の気持ちでケアマネージャーにお礼を言った。

早速、翌日、第二の〝デイサービス〟に見学することに決定した。

朝9時、玄関前から送迎車に乗り、着いた先は山の麓にある小さなデイサービス。玄関に入ると、職員はもちろんのこと、入所者全員20名くらいが

グレー色の前掛けを付けて、

「おはようございます」

と出迎えてくれたのでとても嬉しかった。

同じデイサービスでも雰囲気が全然違うようだ。第一のデイサービスは遊びのようだったが、見学した第二のデイサービスは作業療法のようだ。ドーンと大きな織機があり、縄作り、草履作り、竹細工作り、折り紙用の机が所狭しと置いてある。老人の年代も70代といったところで、身体に障害はあるが会話も楽しく話せるような人ばかりである。

これは楽しいデイサービスだ、と見学をしていたら、大きな体の鬼のような顔をした男が私の前に現れて、

「俺は三河の山賊じゃあ〜」

ビックリ驚いた私は、思わず二、三歩後に下がった。しかし、山賊も同じく二、三歩私に近寄ってきたので、怖くて逃げ出そうとしたら、皆が笑いながら「大丈夫、大丈夫」と言って、慰めてくれたので気持ちを落ち着かせた。

慌てて飛んできた職員が私に
「すみません。すみません」

と謝りながら連行していった。

私はその後姿を見送りながら、

〝どのデイサービスにも警察のような留置所があるのだなぁ……〟

と思った。でも、悪いことをしたわけでもないのにどのような接し方をすればいいのか、と考えてしまった。

すると、布織機から手をとめて私のところに来た老女が
「心配せんでなぁ〜。あの人はいい人なんだけど、少々気が狂ってるでなぁ〜」

と、私を慰めて織機に戻って行った。

〝あぁ、そうだったのかぁ〟

と、やっとうなずけた。

ひょいと部屋の片隅を見てびっくり驚いた。

静かに絵画をしている老人。

白髪で長い白髭が印象的で、

「こんにちは」と挨拶をしたら、

「こんにちは」と返ってはきたが、真剣なまなざしで筆を動かしていた。

各々が自分の好きな趣味に打ち込めるとは〝なんと素晴らしい〟こんなデイサービスは他にないと感動した。


私も何かさせてもらおうかな、と思っているところにセンター長が、

「少々お話しさせていただきたい。事務室にお越しください」

と案内され、椅子に腰かけた。

「先ほどの『山賊じゃあ〜』と、ご迷惑をおかけいたし誠に申し訳ございませんでした。あの方はとても心根の優しいお方なんですが……、実は三重県の大きな山林をいくつも持った財閥家で……」

日本はもちろんのこと、外国の商社までが毎日のように押しかけて来て、

山林を「売ってくれ、売ってくれ」と頼まれるのに困り果て、とうとう、「俺は三河の山賊じゃあ～」と断り続けている間に顔の形相までが変わり、山賊そっくりの顔になり、通っていた商社マン達は「気が狂ってしまった。商談にも何にもならない」と、一人減り、二人減りで、とうとう誰も来なくなってしまった。

家族の人達は、「ありがたいことだ」「よくやってくれた」と感謝はすれども、その〝代償〟に大変なことになってしまったと、デイサービスに嘆き助けを求められたとのこと。

商社は来なくなって良かったが、本当に気が狂ってしまったのか、毎朝、家の前で、学童の通学路であるのにもかかわらず、子供達に「俺は三河の山賊じゃあ～」と凄い形相で追いかけて来るので、子供達は走って逃げる次第に。

学校をはじめ保護者会から

「何とかしてほしい。精神病院にでも入れて下さい」

と陳情に困り果て、病院の精密検査を受けても異常なし。福祉関係でもあるデイサービスに相談されて入所し、今日に至っているとのこと。

センター長によると

「とても心の優しい方で、皆の作業の材料を運んでくれたり、責任感がとても強いので、四代目当主という立場から山を護らねば、との決意が少々精神的に異常をきたしたのじゃないかなぁ、と思うのですが……。所内の皆様には絶対そのようなことは言いませんが、新しく見学に来て下さる方には、必ず、『俺は三河の山賊じゃあ〜』と威嚇されるので困ります。先ほど見学に来られた方は怖がられて、玄関外まで素足のまま飛び出して行かれ、所内に入るのは、『絶対、怖いからいやだ』と断られて、しかたなく家まで送迎車でお送りいたしました」

私は話を聞いて、胸が熱くなった。

デイサービス職員の皆様が、我が家の家族のように温かい優しい心で、一人一人に接していることに感動し、事務所を去ろうとした時、センター長が

「どうしたぁ」と扉の方に優しい言葉をかけた。私も何事かと眺めたら、一人の可愛いおばあちゃんがガラス戸に顔も鼻も〝ペチャンコ〟にくっつけて部屋の中を眺めている。見るなり思わず笑えてきた。

扉のそばまで行ったセンター長は、

「トシちゃん、今日はこれで何回目だね」

と尋ねたが笑っているだけ。

センター長は、ひしゃげた顔を優しくなぜた。まるで子供の顔をなぜるように。

「トシちゃんは、毎日、数回、事務所の監督に来てくれるのでおさぼりはできません」と笑った。

廊下に出ると事務員達がトシちゃんに手を振って、お礼を言ったのかなぁ……。トシちゃんは人気者であり、可愛いおばあちゃん。私も一目見て好きになった。

その後、私は作業場の方に行ったが、山賊じいちゃんの姿は見られず、どの部屋にいるのか、何をしているのか、少々興味が沸いてきたが、いずれわかるだろうと思いながら、ふと足元を見ると、〝小さな〟〝小さな〟豆草履が彼方此方いっぱいに散らばっている。

「あら、なんと可愛いこと！」

と手に取り眺めていると、一人の老女が言った。

「これはトシちゃんが作ったものだけど作品にならないのよ。人形にならないけどね」

「もらい手がなくて困っているのよ」

と最後に付け加えた。

私はいくつも手のひらに集めて、飾り物にしたら素晴らしいのに、と思った。

やがて、昼食時間となり全員食堂に入った。私はトシちゃんの隣の席に名札があり、座ることになった。ところが、トシちゃんは食べるのが速くて、皆が三分の一くらい食べたところで完食し、前の人の食べるのをじっと見つめていたが、まるで猫のようにそっと手を伸ばし、前の老女の膳を自分の食べ終わった膳とすり替えた。

さあ、大変！

膳を取られた老女は、

「トシちゃんが取ったぁ〜！」と大声で泣き出した。

素早く飛んできた職員は、まるでわが親のように、

「ごめんね！　ごめんね！」と何度も平謝り。

トシちゃんを抱きかかえるように、奥の部屋へ連れて行った。またもデイサービスの職員の心優しさに胸が熱くなった。きっとトシちゃんも認知症の一人。食べても忘れて〝食べたい〟、その一人かもしれない。

夕方になり、家に帰る時間。

山賊じいちゃんやトシちゃんがよほど楽しい場所にいたのか、二人ともニコニコしながら出て来たのには驚いた。私は二人がいた部屋をそっと覗いてみたい好奇心にかられた。いずれ私もその部屋に入ることになるかもしれない、と思った。明日は我が身かもしれない。

「明日も来てねぇ〜」

と私の側に近寄り、甘えるように言ったトシちゃんの顔は童女そのもので、実に可愛かった。山賊じいちゃんは、私に握手を求めたので喜んで応じたら、なんと私の倍もある大きな手のひらに驚いた。そのまま私を真ん中にして、三人で手をつないで歩き出した。

私が「兎追いし、あの山〜、小鮒釣りし、あの川〜」と口ずさんだら、二人とも思い出したのか歌ってくれ、さらに作業場の人達も応援してくれて大合唱となった。それは、それは、こんな楽しいことが起きようとは……。別れるのがとても辛かった。送迎車はすでに玄関前に来て、〃早くしろ〃と言わんばかりに待っている。

「明日も必ず来て下さいよ〜」

大きな声で叫んだのは山賊じいちゃん。にっこり笑った顔は素敵だった。

トシちゃんは小さな声で、

「来てねぇ〜、来てねぇ〜」

別れを惜しむかのように振り返り、振り返りながら車中の人となり去って行った。

これほどまでに三人の心が通じて親しくなったのはなぜだろうか。私は考えてしまった。それは、私自身が二人と同じ程度の人間であることがわかっているからである。

この歳になると悩みごとも大嫌い。頭が痛くなるほどの正論も聞きたくない。終活を送るようになってからは、身体も頭も、耳まで衰えて、昨日食べた食事が思い出せない。人の名前や電話番号を忘れて、てんやわんやの大騒ぎ。本当にダメになってしまった自分を振り返る時、若き日を懐かしく思う。

後になってわかったことだが、山賊じいちゃんは78歳。トシちゃんは83歳であった。私はこの二人と互いの傷を舐め合いながら、楽しくデイサービスの一日を送ることに決定した。

外出大好き、呆け老人

「奥さん、助けてぇ〜」

と、飛び込んできたのは、私の隣の仲良し奥さん。

「どうしたんですか」

「私が、洗濯物を干している間に、おじいちゃんがいなくなってしまったのよ」「それに素足なのよ」「玄関の鍵、かけてあったのに……」

「その錠は？」

「玄関前に落ちていたのよ。最近、認知症が治ったのかねぇ」

「認知症が、そんな簡単に治るはずないでしょう」

つい怒れてきてしまった私。

「とにかく、二人で手分けして探しましょう」

「その前に警察へ連絡して、一刻も早く見つかるようにお願いしましょう」

言うが早く、私は受話器を持って１１０番へ。

「住所、名前、年齢は？」

「緑区矢田町11－2。河田音吉。82歳です」

「何時頃ですか」

「今朝の8時30分頃です」

「洋服は何を着てましたか」

「ジャンパーです」

「色は？」

「グレー色です」

「帽子はかぶってましたか」

「かぶっていません」

「髪の毛の色は？」

「白髪です」

「眼鏡は？」

「かけていません」

「靴はどのような物で、色は？」

「素足ですよ。素足」

「それは危ないですね。怪我でもしたら大変ですね」

と、心配してくれたが、

「しかたないでしょう。認知症だから……」

私の頭の中は、火が付いたようにカンカンに怒れてきた。

18分もかけて尋問されて、まだ足りないのか、

「えぇ〜っと」考えている様子。

「いつも河田さんの行く道は、家から右ですか、左ですか」

「そんなことわかりません。そんなことがわかっていたら警察に頼みません。こんなに尋問に時間がかかっていたら、じいちゃんはどんどん遠くに行っちゃうじゃあーないですか。いいかげんにして下さいよ」

とうとう、堪忍袋の緒が切れてしまった。

私の言葉に警察も怒った。

「見ず知らずの人を探すのは大変ですよ。ましてや老人の多い時代、間違えて尋問したならば、大変なことになりますからね」

まだまだ続くようだったので、

「誠に申し訳ございませんが、私どもで探しますのでお断りいたします」

とお詫びを申し上げて、奥さんと二人で探すことにした。

まずは、靴を片手に持ち、右と左に分かれて走り出した。認知症の人の足は速い。どこまで遠くに行っているのか。それが心配で、同時に人身事故を考えてしまう。町中の大きな道路は誰一人歩いていない。車だけが私を追い越して行く。左右の細い道路も念入りに眺めて見たが、人影はなく、ただ、猫だけがゆっくり歩いていた。小走りに走り続けている中、バス通りの幹線道路に出てしまったが、姿は見つからず。まさか、信号機を渡って向こうの町に行ったのだろうか。認知症の人にそのような知恵があるのだろうか。信号機の前で立ち止まり考えた。それだからといって、人身事故を起こした形跡もない。されど行ってみようと、信号機を渡り、隣町を彼方此方探している間に大きな池にたどり着いた。

まさか、こんな大きな池に足を滑らせてはまり込んだとは思えないが、

「おじいちゃ～ん、おじいちゃ～ん」

と大きな声で何度も叫んでみたが、何の反応もない。

波は静かで、私の声に〝カモ〟が二匹、餌でももらえるかと近寄ってきた。きっと夫婦のカモだなぁ、と一瞬おじいちゃんのことを忘れて眺めた。走り続けた身体は疲れてしまい、トボトボと小走りで歩き出した。探しても、探しても、おじいちゃんは見つからない。

警察の人に短気を起こして断ってしまった自分が情けなくなって、とうとう泣けてきた。泣きながら歩いているうちに、元の幹線道路の信号機に来ていた。信号機を渡り、横路細い道路を探すことにした。

最初の一本の道には何もなかった。二本目の道を眺めた時、30メートルくらい先に人影もないのに、シャツのような衣類が、風に吹かれてひらひらと

舞っている。不思議だなぁ…と眺めていたが、行ってみようと歩き出した。ところが、行ってみると肝がつぶれるほど驚いた。行くなり、「おじいちゃん！　おじいちゃんじゃないの～」大きな声で叫んだ。

「おぉ……。おばあちゃん……」

喜んで起き上がり、

「ここはいいところじゃよ。涼しくてなぁ……」

私にしたら、

「涼しくて良かったも何もあるものじゃない！　走り回って探しているのに」

と怒りたいが、

〝おじいちゃんが見つかって良かった、良かった〟

という気持ちだけで胸がいっぱいになり泣けてきた。

私の泣いている顔を見たおじいちゃんは、

「なぜ、泣くんじゃあ……。こんないいところはないんじゃよ。おばあちゃんもこの石垣の上で寝てみんさい」

〝あぁ……〟、家のことなんかすっかり忘れて、

「石垣の上がいい」

と言う、認知症のおじいちゃん。

遠くから見えた上着は、おじいちゃんが身体の下に脱ぎかけて、石垣に半分ぶら下がっていたので見つかり、良かったのだと思った。

「おじいちゃん、石垣から落ちたら、背骨が折れて死んでしまいますよ」

「背骨って、なんじゃあ……魚のことか。俺は、魚は嫌いじゃあ……。肉だ」

「魚じゃあないの。おじいちゃんの背骨よ」

と言って背中をさすってあげたら、

「気持ちいいなぁ……」

と喜んだ。

「さぁ…家に帰りましょう。お母さん（嫁さんのこと）が待っているから」

と言った時、ハッと気付いたのは、慌てて、私は携帯を持ち忘れて、奥さんに連絡することができない……。きっと探し回っているだろうにと思うと気が急いて、私は汗がびっしょり。

どんなに説得しても、

「俺はここが好きじゃあ……。俺はここが好きじゃあ……」

と言い張って動かないおじいちゃん。

そのうちに気持ちが変わるだろうと思い、しばらくの間待つことにした。

30分くらい待っただろうか。

ところが、この細い道路に向こうの方から小さな軽自動車がやって来た。

目の前で止まり、運転手席のガラス窓を開けて

「どうしたんですか」

不思議そうに青年が尋ねた。

「ここが良いって、動かないので困ってます」

彼は車から降りて来て、

「私も手伝いますから、二人で車に乗せましょうよ」

まるで地獄で仏に出逢ったような気持ちで、ありがたく感謝した。二人でおじいちゃんを抱きかかえようとしたら、

「自分で降りるから」

と言ったので、二人はおじいちゃんから手を離したと同時におじいちゃんは逃げ出した。

驚いた青年は、すかさず後を追い、おじいちゃんを捕まえてくれた。

「お前は人さらい（誘拐）だ！　警察を呼べ！」

と叫んだ。

興奮しているおじいちゃんの背中をさすりながら、

「おじいちゃん、この人は人さらいじゃあないの。お家に車で送ってあげましょう、と親切に言って下さったのよ」

と説明したが、おじいちゃんの頭の中では納得できないのか、青年を睨みつけていたが、

「本当に家に帰るんか。家に帰れるのか」
と何度も私に尋ねるので、
「本当だよ。車でお家に送っていただけるんだよ」
言い含めると、やっと納得したのか、車の方に向かって歩き出した。慌てて
シャツと靴を持ち、ハンカチでおじいちゃんの足の裏を拭いたら、二か所
も切り傷があり、出血しているのに痛くもないのは、〝やはり認知症だから
かなぁ……〟車の中で一人で歌っているおじいちゃん。
玄関前に車が着くなり、わが家に走り込んで、
「お母さん、お母さん」
と玄関の戸を叩き、呼んでいる。奥さんは、まだ探し続けているのだ。
私は、送っていただいた青年に厚くお礼を申し上げるとともに、後でお礼
をと思い、住所と名前を尋ねたが、
「困っている時は、お互い様です。特に老人の方を見つけると助けたくなる
のです」

と、明るい笑顔で去って行った青年。

また、見て見ぬふりをしている青年との心の差は大きく、したがって、日本の未来の盛衰にも係わってくるのではないか、と思う。そして、この素晴らしき青年の志が、日本国中に多からん事を心から念じてやまない。

老婆の嫉妬・墓場まで

私は見学が大好きで、ある老人ホームの見学に一泊二日、喜んで行ってきた。

ところが、フロントのテーブルを叩き、

「主人を呼んでください！」

と泣き叫んでいる老婆に出逢った。

〝係りの職員がいないのに泣き叫んでいるのは変だなぁ……。

もしかしたら認知症かなぁ……〟

私も職員が来るのを傍で待った。

職員がやっと現れて、

「郁ちゃん、何度言ったか、わかりますか。ご主人は三日前に来てますよ。何の用事ですか」

と怒った顔。

「年金通帳を持ってきてほしいの」

と哀願。

「ホームでは通帳やお金を持たないことになってますよ」

ますます声が大きくなった。

郁ちゃんは聞く耳を持たずで、テーブルを叩き続け
「電話をして下さい」

と泣き叫んでいる。

職員は私に書類（一泊二日の認め）を渡すと、どこかへ行ってしまった。

その場に残ったのは、私と郁ちゃんという人と二人だけ。

見ず知らずの私に
「うちの主人には女がいて、その女にお金を全部やってしまうの。だから、年金通帳を持ってきてほしいの」

と言った。

「私にそんなことを言われてもわからないよ」

と言えばよいのに、私の悪い癖で、すぐに同情して泣かされてきた人生にまたも同情して、

「郁ちゃん、それは気の毒だね」

と言ってしまった縁で、一泊二日の楽しい見学も郁ちゃんのために吹き飛んでしまい、付き合わされる破目となり、何のために来たのか、〝馬鹿につける薬はない〟とは、私のことだった。

職員が戻って来て、しかたなくご主人に電話を入れ、年金通帳を持ってくるように頼んだところ、「すぐ行く」ということで、郁ちゃんは部屋で待つことになったのだが、私に
「一緒に来てほしい」

と言って、手を握って放さないので、やむなく行った。

郁ちゃんが、

「主人はカラオケが大好きで、行っている間に知り合った女に絶えず金を取

られていた。殺してやりたいくらい」

泣きながら話してくれたので、本当だと思い、かわいそうにとまたも同情した。

やがて、ご主人が来て、部屋のドアを開けるなり、郁ちゃんはご主人に飛び掛かり、平手打ちでご主人の顔をひっぱたいた。ところが、爪でひっかいたのか、血が流れだした。ご主人は慌てて、手で拭ったと同時に郁ちゃんを殴り、喧嘩となり、私は職員を呼びに走った。

私達が部屋に来た時は、二人とも落ち着いて無言だった。

ご主人は恥ずかしいのか、職員に

「帰って下さい」

と頼んだ。

私も一緒に帰ろうとしたら、郁ちゃんが私の手を握り、

「お願い、お願い」

と頼むので、しかたなく部屋に入った。

通帳を手にした郁ちゃんが、

「この間、500万あったのに320万しかない。あの女に200万も取られたのかぁ〜」

と泣きながら怒った。

「車の修理代、お前のホームの支払い、生活費など記入されているから、よく調べて見よ」

と怒った。

ご主人は、実に温和な人柄で、誰にでも好かれるタイプ。

しかし、この度、顔に猫にでもひっかかれたかのような傷跡を何と説明するのか気の毒に思えた。

夫婦の話し合いの結果、郁ちゃんの
「どうしても女の家に連れて行ってほしい！」

との願いに、ご主人は負けてしまい、行くことになった。

女の家に入るなり、女は、

「あらぁ〜、あなた、その顔どうしたのよ」

と笑いながら言った。

「猫にやられたんだ」

とご主人はすました顔。

すでに女は察しがついたのか、その先は問わず。

嫉妬に狂っている郁ちゃんは開口一番、

「うちの主人を騙し、金を奪った泥棒猫！」

と叫んだのには驚いた。

女は冷静さを失っていない。

「猫は、あんたじゃあないか。主人の顔を見ればわかるだろう」

反対に打ちのめされた郁ちゃん。

でも、頭の中は火の玉のように燃えている郁ちゃん。

「主人から受け取った金がいくらか教えてほしい！」

打ちのめされたにもかかわらず、食い下がった郁ちゃん。

「そんなに主人が大切か。金が大切か。主人は縄で縛っておけ。金はたったの5万円。ケチな男がそんなに金を出すか。今返してやるから、持って行け」

奥の間から財布を持って来て、5万円差出し、

「さっさと消えろ」と、こんなことが言えるのは普通の人ではない、水商売の人だと感じた。

その時、ご主人が

「妻は認知症です。申し訳ない。どうか許してやって下さい」

夫婦の愛情に胸が熱くなった。これが本当の夫婦の愛情だと思った。

帰り際に、女から

「二度と来るなぁ！」

と、塩を撒かれ、やはり本物の水商売だ、とわかった。

そして、水商売の女であることを知らなかったご主人は、きっといい気分になって、付き合っていたに違いない。年金生活者にとって、5万円は大切

な金である。女の正体がわかり、ご主人も目が覚めたであろう。三人が車に乗り、老人ホームに着くまで無言のままであった。

ホームの玄関先に着いた時、

「じゃあ、ここで帰るからなぁ……」

とご主人が一言言ったら、郁ちゃんが号泣して、ご主人の身体にすがり、

「お父さん、ごめんなさい。わたしが悪かった。許して～」

と言って、手に持っていた年金通帳をご主人の上着のポケットに入れた。信頼してくれた妻に嬉しくなったのか、郁ちゃんをかかえるように抱きしめて、頬ずりまでしたご主人。見ていた私までもが嬉しくなり、これが本当の夫婦の愛情だと思った。

夫婦としての長い人生には、山あり、谷あり、雨の日も嵐の日もあったであろうに、そういう日々を乗り越えてこられたのは、切っても切れない夫婦の絆があったからではなかろうか。私は、ご主人と郁ちゃんに別れの挨拶をした。

〝二度と逢うこともないであろう郁ちゃん、お幸せに……〟

私も、老人ホームの見学よりも一生忘れることのない〝女の嫉妬〟〝夫婦の絆〟を一層、心に刻むことができて、嬉しく思った一日だった。

老々介護の悲哀。知っていますか

恥ずかしいことだが、私自身が介護する立場になるまで、老々介護の本当の辛さ、苦しさは知らずに、

「大変ですね」

と口では、軽々しく言っていたが、とんでもないことで、言葉には言い表せないのが事実である。

思い返せば、老々の歳とはいえども、一昨年までは健康に気を付けて、二人とも元気な日々を送っていたが、突然、主人が肝臓病で入院。

亡くなるまでわずか七か月あまりだった。

毎朝欠かさず8時には病室に着き、

「昨夜は眠れたの?」「気分は?」「食事は?」

と尋ねながら、衣類や汚れ物を取り換え、清拭するのが私の日課だった。

「ありがとう。こんなに早く来んでいいよ。お前の心臓のほうが心配だよ」

と、私の持病を気遣ってくれる主人だった。

昔の教育を受けている私には、〝妻は夫に仕えるもの〟という教えが身に付いており、当然のことと思っていた。私達夫婦は、お陰と認知症にはなっていないので、互いの愛情は、昔と変わることなく話し合えたので幸せだった。

ところが、ある朝、一刻も早く、主人の病室に行ってあげたくて、病院の玄関で車を降りるなり、転んでしまい、〝大腿部骨折〟と診断され、手術を待つ身となってしまった。当然のことながら、主人の介護はできなくなり、〝悔しいの〟〝悲しいの〟それはそれは、言葉に言い表せない私だった。主人は血液病棟。私は整形外科病棟。大学病院という大きな病院のため、エレベーターを乗り継ぎ、乗り継ぎ、行かねばならない。
車椅子に乗り、やっとの思いで主人の病室まで行き、ドアを開けると
「どうしたぁ〜」

と主人が言うが早いか、私は〝わぁ〜〟と泣けてきて、

「お父さん、お父さん」

嗚咽でその先の言葉が出てこない。

「あのぉ〜、あのぉ〜」

と、やっと出てきた言葉が、

「転んで大腿部の骨が折れちゃった……」

「お前は慌て者だからいかんのだ」

私を叱った後は、涙を流しながら、

「やってしまったことはしかたがない」

慰めてくれたものの、二人は抱き合って泣いた。

この日の〝悔しさ〟〝悲しさ〟は永久に忘れることができないだろう。今でも思い出して泣いている。

それからというものは、主人が車椅子に乗り、私の病室に来て、

「足の痛みはどうか」「ご飯は食べられるか」「つらいだろうが頑張れよ」と

励まし、力強い握手をしては帰って行った。その後、姿を見送り、布団をかぶり泣く私であった。

私の場合、一週間の手術待ち。その間は、ベッドに寝たきりで動くことができず、やむなく紙おむつ使用となった。

術後、車椅子に乗れるようになり、主人の病室へ行き、ドアを開けるなり、尿の臭いが充満していることに驚き、

「お父さん、この臭い、どうしたの」

と尋ねると、

「看護師に『尿瓶が満杯だから捨ててくれ』と頼むと、『後で…』と言って、捨ててくれない。しかたがないから、部屋にある古い流し台に捨てる」

と言ったので、私はその流し台を確かめた。

昔の古い、古い流し台で、流れはするものの使い物にはならないようだった。

満杯になっている尿瓶を持って、車椅子でトイレに捨ててきた後は、久し

ぶりに主人の清拭をしたら、

「気持ちいいなぁ〜、気持ちいいなぁ〜」

と喜んだ。

夫婦の愛情はもちろんのこと、つらいことや、してほしいことまで知り尽くしていることが、夫婦一心同体とも言えよう。

ところが、術後一週間後、足のリハビリのために他の病院へ転院となり、主人の介護ができなくなった。主人の気持ちを察すると、胸が張り裂けるほど悩んだが、病院の方針ためどうすることもできず、泣き泣き転院した。

二人が携帯電話を持っているので、何とか励まし合えると思った。

ところが、

「もうこの病院に入ることができない。死んでもいいから家に帰りたい」

と、主人からの訴えに、

「ねぇ、今はどの病院も看護師不足なの。病気を治すために辛抱してくださいよ」

慰めること一週間くらい続いた朝8時頃、ナースステーションから、

「大至急来てください」

何事かと驚き、タクシーで主人の病院に駆けつけたら、12階のエレベーター前で、看護師と宿直医師の二人が両手を広げてバリケード。

その二人を押し分けて、エレベーターに乗ろうとしている主人。

主人は、車椅子に私物を詰め込み、怒った凄い顔で私を見るなり、

「なぜ来るんだ！　俺は家に帰ることを決心したのだから、お前がここに来る必要はない」

と怒鳴った。

「お父さん、〝郷に入れば、郷に従え〟という格言があるでしょう。病気を治してから帰りましょう」

と言っても、そのような言葉は聞き飽きたと言わんばかりに返事も返ってこない。ただ、バリケードを押し分けて、エレベーターに乗り、逃走したい一念であった。その押し問答に、時間は流れるばかりで、乗り降りする患者

たちに迷惑をかける状態にもなった。

主人が耐えられなくなった、その心の状態を知っているのは私。解決は、一つしかないと考えた時、「お父さん、私が主治医の先生に〝転院するか〟〝一度家に帰るか〟お願いするから、とにかく病室に戻りましょう」と説得すると、一つ返事で、

「わかった」というが早いか、私物を積んだ車椅子を病室に向けて動かし始めた。

迷惑をかけた皆様にお詫びを申し上げると同時に、ナースセンター長に面会し、

「誠に申し訳ないことですが、至急主治医の先生に相談したいのでお願いいたします」と伝えた。

ありがたいことに10分も経たないうちに先生が来て、別室に案内された。

「先生から毎日のように検査報告や病状を詳細に報告いただき感謝しておりますので、誠につらいことですが、今日のようにノイローゼが爆発して、逃

走しようと決心した心中を察しますと耐えられません。それに死んでもいいから家に帰ると申しまして……」

後は、涙が溢れてきて言葉にならなかった。

「看護師不足で、さぞかしつらいことがいっぱいあったのだと思います」

と、先生は言った後、しばらく考えられた。

「ご主人はANCA関連の難病のため、家に帰るのは少々無理のようですので転院することにいたしましょう。ただ、この病名の専門の医師が少なくて困るのですが一生懸命探してみましょう。二、三日待って下さい」

治療をしていた患者を突然手放すことは、医師としてどんなにかつらいことだろうが、患者の立場になり、許可をいただけたことに厚くお礼を申し上げた。

病室に戻り、主人にありのままの話を伝えたら、

「迷惑をかけたのぉ…。お前だからこそできたことだ。これほど力を入れて考えてくれる者はない。ありがとうよ」

と喜び、
「二、三日くらいは、どんなにつらくとも辛抱するよ」
と言った。主人も疲れたのか、眠ってしまった。私は、泣きながら小さな窓から外を眺め、今日の出来事を振り返った。〝今日の修羅場は、なぜ起きたのか〟と。

主人が入院して約三か月、初めのうちはなんとか歩いてトイレにも行き、早く元気になりたい一心で、廊下を歩くように励んでいた。

ところが、回復と悪化を繰り返しているうちに、身体は弱り、歩けなくなり、看護師の介助が必要となった。それからが問題であった。

介助を頼んでも、
「後で……、後で……」が多く、やっと来てくれるのが一時間後。ましてや、ナースコールを押しても同じこと。

動けない患者にしたら、どんなにつらいことか、察するにあまりある。看護師としての教育の場では、きっとナイチンゲールの高き志は教えられているはずである。

現代は文明の時代。

医療現場では、カルテはパソコンへと打ち込まれ、患者の記録はすべてわかり、看護婦から看護師へと格上げした。願うことは、患者の記録作りも大切だろうが、患者の心と心を繋いでほしい。何を訴えているかくらいはわかってほしい。患者の心を理解していれば、このような修羅場は起きなかったのではないだろうか。医師である先生でさえ、患者の胸中を察して下さったのにと思うと、頭の中は、走馬灯のように今までのことが浮かんできた。

そして、この小窓から眺める景色もこれで最後か、と思った時、飛んで来た二羽の小雀が窓枠に留まり、〝チュン、チュン〟と、首を振り振り、話し合っている。この世に生命を受けた小雀の世界にも、争い事があったり、話し合わなければならないことがあるように思えた。ましてや人間社会、互いの立場を理解し合いたいものである。

夕暮れ近くになり、主人がベッドから起き上がり、

「夕べはよく眠れなかったのでぐっすり寝たよ。なぁんだ、帰ったと思っていたのにいたのか」

「私は、お父さんの目が覚めるのを待っていたの」

「悪かった。悪かった」

　と詫びるので、

「別に謝ることないよ」

　と言った後に、

「私は、これでリハビリ病院に帰るけど、決して逃げ出すようなことはしないで下さいね」

　と念を押すと、

「もちろん、しないよ。あと二、三日で転院だから辛抱するよ」

と言ってくれたのでホッと安心し、握手をして廊下に出たら、主人も後を追って出て来て、手を振り見送ってくれた。

　その笑顔は、今朝の修羅場の時とは全然違い、明るい笑顔であった。

帰ってから三日目に主人の主治医から
「転院が決定したので、手続きを取ります」

との連絡が入ったので、慌ててタクシーを呼んで、主人の病室へ駆け込んだ。

「お父さん」

と一言言った後は、絶句して言葉が出てこない。それは、恐ろしいものを見てしまったからである。

「お父さん、あれほど『逃げ出してはいけないよ』と言ったのに、またも逃げ出したのね」

泣きながら訴えた。

「俺は逃げ出していないよ」

「じゃあ、どうしてこんな身体を縛る抑制帯がベッドの上に置かれているのっ！」

と問い詰めてしまった。

「俺は逃げようとも思っていないのに、夜になると縛りに来るんだ。二、三日で転院できることがわかっているから、何にも言わないで黙って辛抱したんだよ」

私は話を聞いて、涙が溢れて来て止まらなかった。

「なんと可愛そうに……。よく辛抱したね」

私がベッドから抑制帯を外そうとしても錠がかかっていて外せない。

私はあまりの悔しさに、看護師を呼び、

「これはいったいどういうことなのですか」

と尋ねたら、

「これはですね、一度逃走した患者は、二度三度逃走する恐れがあるので、病院側の規則なのです」

私は気持ちが収まらず言った。

「それは認知症の患者さんのことでしょう。うちの主人が認知症なのですか。看護師さんであるならば、患者一人一人の病名や性格くらいは把握すべきじゃあないですか」

凄く怒れていたので、問い詰めてしまった。

傍で聞いていた主人が、私に

「そこまでは言ってはいけないよ」

と、私を叱った。

「だってお父さん、悔しいんですよ。三晩もこの抑制帯に縛られて寝ていたかと思うと、可哀そうで耐えられません」

と、私が泣いている間に、主人はまるで病気が治ったかのような感じで、車椅子を病室に持ち込み、自分の私物を積み込みだした。

私も泣いている場合じゃない……。慌てて忘れ物のないように見回しているところに、看護師係長が来て、

「いよいよ転院ですね。今日、行く先の病院は新病棟ですので精神面では良いでしょうね。当病院のように40、50年も経った古い病棟で、何かと不自由やご迷惑をおかけしました。申しておきますが、主治医は専門の先生ですの

で、悪い時はいつでも来院して下さい」

と送り言葉をいただいたが、心の中では〝二度と来るものか〟と叫んでいた。

しかし、たしかに患者の心を汲み、転院の世話までしていただいた主治医の先生と看護師係長には心が引かれ、去りがたい思いもした。

三か月あまり、病室から外に出なかった主人は、タクシーの窓から外を眺めながら、

「社会はいいなぁ……。いつの間にか夏が過ぎ、初秋だなぁ……」

と淋しそうに言った。

主人の心の中を思いやると、言葉が出てこない。

「二人で頑張りましょう」

が、やっと言えた。

転院先の新病棟の個室は、以前と天と地獄の差である。

病室を案内された二人は、

「うわぁ〜、凄い」

と声を出した。

トイレ、洗面所、冷蔵庫、更衣ボックス、机、テレビ、椅子……、すべてが新しく、窓が大きくて明るい。

「お父さん、病気が治りますよ」

と、声をかけると
「嬉しいなぁ……、嬉しいなぁ……」の連呼。

「これからは尿を貯めることなく、トイレはすぐ傍にあるから幸せねぇ」

と言うと、

「これだけ設備が整っているから費用が高いだろうな」

と心配そうに言う主人。

「お父さん、大丈夫よ。前の病院の半額よ。心配しないで」

「どうしてだ」

と聞き返すので、

「詳しいことはわからないけど、ここは総合病院、組織が違うのでしょうね」

「そうか。ありがたいことだ。我々は年金生活。費用が高ければお前が困るだろうから心配してたんだ」

主人は、出費のことまで心配していたのだ。

「先ほど記録を取りに来た若い看護師は、礼儀正しく、優しかった。あれほど辛い思いをしてきたのだから、少々の辛さは辛抱できるだろう」

思い出したかのように独り言をぽつりと言った主人。

昼食が済むと、採血から始まり、検査室へと車椅子にて運ばれて行った。

検査室から戻ってくるのを待って、

「お父さん、困ることがあったら、ナースコールを押すんですよ」

と念を押すと、

「わかった、わかった」

と快い返事をしてくれたので、タクシーを呼び、帰ったのが午後5時頃であった。私の大腿部骨折のリハビリも全治ということで、翌日退院できたものの杖なしでは歩けなかった。

主人の好物や果物を買い求め、病室に行くと明るい笑顔で、

「おぉ〜、よく来てくれたなぁ〜」

「来るに決まってるがね。私の大事なお父さんだもの」

冷蔵庫に食品を入れながら、

「看護師さんの対応はいかがですか」

と尋ねると、

「とてもいいよ。ナースコールを押せば、すぐ飛んで来て、優しく『どうしたのですか』と尋ねてくれたので、電気の明かりを暗くしてほしいことやエアコンを切ってほしいことを頼んだら、〃後で……〃なんて言わないで、すぐ実行してくれて『いつでもナースコールして下さいよ』と言ってくれた」

そして主人が、

「前の地獄の病院から天国の病院に来たようなものだ」

と大笑いしたので、

「ナイチンゲールの教育が、しっかりできているんですね」

と私が言うと、

「そうだ。問題は最初の教育と婦長の監督だなぁ……」

と言うのだった。

主治医の先生も、絶えず検査をして下さって、治療にも骨折りいただき、

「どうだ、一日家に帰り、試してみるか。夜は冷えるようになったので、風邪をひかないように帰って来て下さい」

と、許可をいただき、念願が叶い、主人は大喜びだった。

看護師が、一日分の薬やインシュリンの注射（15年前に膵臓の手術を受けて以来毎日続けている）などを持ってきてくれた。

主人を車椅子に乗せ、病室を出ようとしたら、看護師が飛んで来て、エレベーターの前で、

「一日ですけれど、無事、元気に帰って来て下さいよ」

と患者を思う優しい言葉で見送ってくれた。

またも主人が言った。エレベーターのバリケードを思い出したのか
「天と地の差だなぁ……」

独り言のように言った。

私達は、タクシーから眺める景色に
「秋真っ盛りでしょう。紅葉のきれいなこと！　ほーら、お父さん見てぇ！見てぇ！」

運転手が大笑いをして、

「私は毎日見ているので、そんなに感動しませんがねぇ」

きっと、私の叫びに驚いたのでしょう。

家に入るなり、

「家はいいなぁ～、家はいいなぁ～」

と言いながら家中を歩き回っている主人。

〝家に帰りたい、家に帰りたい〟という念願がやっと叶ったのだから、どん

なにか嬉しかったのだろうか。

家中を久しぶりに歩いた後は、ベランダに出て、広大な緑地の山々を眺めるなり、

「おぃーい、早く来い～」

私を呼ぶので、コーヒーを入れていた手を止めて飛んで行くと、

「ほ～ら、見てみよ……。緑地の山々の紅葉。まるで錦絵のようだ。これは素晴らしいなぁ～」

目を輝かせて言った。無理もない。病室の中に約三か月あまり。秋の深まりも、きっとわからなかったのだろう。

「お父さん、覚えてますか、15年前のこと。やはり11月でしたね。このマンションに入った時のこと。お父さんは『住み慣れた我が家があるから、マンションみたいなところには絶対行かんから、行きたければお前一人で行けばいい！』と凄く怒鳴りましたね。私は人生最後に、鳥のように高いところに住んでみたいという夢があったので、お父さんに内緒で市バスを乗り継ぎ、

見学に来て、最上階の8階、この部屋から眺めた景色に〝なんて素晴らしい。この部屋に住めたら幸せだけど、お父さんが許してくれないから……〟溜息つきながら帰宅し、叱られることを覚悟し、『お父さん、見るだけでいいから、一度見学に行きませんか』恐る恐る言ってみた。初めは返事もしてくれませんでしたが、『見るだけだぞ』と念を押して、重い腰を上げてくれた。今度は、市バスではなくお父さんの車に乗り、マンションに来て、最上階の8階のこの部屋から緑地の山々を眺めたお父さんは『これは素晴らしい！』まるで目を奪われたかのように、『これは凄い！』と言った後は、『よぉしっ、決めた！　このマンションを買おう〜！』と一つ返事で決まりましたね。私はあまりの嬉しさに大泣きをしました。〝ミイラ取りがミイラ〟になってしまいましたね」

思い出したのか、主人もお腹を抱えて、久しぶりに大笑いした。

「あの時、二人は喜び、有頂天になったことはよいが、マンションを買うほどの預金はなく、やむなく銀行に住んでいた土地を担保に借り入れを申し込んだら、『65歳以上は借り入れはできない』とのこと。夢破れて、二人が落ち込んでいるところに息子が来たので、ありのままの事情を話したら、『老人ホームに行く資金と言うなら、なるほどと言えるが、マンションに入りたいとは本当の話か』と何度も何度も念を押すので、『本当の話で、すでに契約済みになっているので……』と言うと、『えぇっ！、それは大変だ』と考えていたが、『一週間待ちなさい。銀行から借り入れてやるから』と言い帰って行った。その時は、地獄で仏に会ったような思いでした。（若さは金の卵である。）若い者から見たら、私達夫婦はすでに老人だったのに、そんなことにも気が付かず、追いかけていた夢が叶ったことに、喜び勇んでいたわけですね」

と、二人でコーヒーをすすりながら、私が昔話をすると、

「早いものだ。あれから15年も過ぎたのだから幸せじゃあないか。老人ホームに入っていたら、二人とも死んでいたかもしれんぞ」

主人がぽつりと言った。

たった一晩の帰宅で、好きなビールと刺身に喜び、

「美味しいなぁ……」「家はいいなぁ……」「家に帰りたい」

の連呼に、私はそっと涙を拭いた。

そして、夜中に主人が起きたことにすぐ気が付き、傍に行ってみると、部屋の窓からじっと見つめているのは伊勢湾岸道路だった。高所に作られた道路には、車が一晩中走り続けている。その灯りの美しいこと。走り去って行く車の先は、まるで天国に消え去って行くかのようで、それはそれは魅せられてしまう。

「本当に、天国に行くようだなぁ……。あの車で天国へ行くかぁ……」

「お父さん、何言ってるの。早く良くなって帰って来るのよ。私もお父さんの病室に行って頑張るからね……」

と励ましたが、返事は返ってこなかった。

翌日、いやいやタクシーに乗り、病室に着くと、ベッドに横になり静かに眠ってしまった。

家ではあんなに喜んではしゃいでいたのに……、と思うと、可哀そうで泣けてきた。

夕方5時、やっと目を覚ましたので、

「お父さん、帰りますよ。……大丈夫かなぁ」

と尋ねると、

「大丈夫だよ。お前の方こそ気をつけろよ。心臓が持病なのだから気をつけなきゃぁ……」

と反対にねぎらってくれて、廊下に出て来て手を振ってくれた。

家に帰り、ふと机の上を見るとメモ用紙に

〝帰らねばならぬ。魂。とどめおき〟

病院へ帰るのが本当に嫌だった主人の心を察すると、涙がとめどなく流れて止まなかった。

夫婦の愛情は、歳を重ねるごとに深くなり、老年になってからは一心同体のようである。

主人が病院に戻ってからは、毎朝8時には病室へ行き、主人の身体の清拭を済ませ、食事の状態を見届けたり、介助や話し相手になり、夕方4時ごろには家に帰るのが私の日課だった。

ただし、病状としては、回復と悪化を繰り返し、体力が衰えていくのが心配で、家から価値のある物などを運んで食べさせ、直接栄養士にも相談したところ翌日からメニューが変わり、肉類が入っていた。

しかし、時すでに遅く、12月に入ってからは、ベッドから起き上がることもできなくなり、紙おむつに切り替え、それを取り換えるたびに

「ありがとう」「すまん、すまん」

と言ってくれるので、

「お父さん、夫婦は一心同体だから心配せんでいいよ」

と慰めはするものの、主人の身体は日に日に衰えていった。

家族は、病室に泊まることが禁じられているので、夜9時の面会時間ぎりぎりまでいてから帰るのだが、後ろ髪惹かれる思いだった。

私の身体も持病の心臓の発作が出て苦しくなり、主人の病室に来るのがやっとのことで、〝もう、これまでか……〟と思った時
「お父さん、一緒に死にたいね」

主人の胸に縋って泣いた。

「俺もお前と一緒なら嬉しいなぁ……」

と言った言葉に嬉しくて、またも号泣してしまった。主人も涙を浮かべながら、傍にあった汚れたタオルで私の涙を拭いてくれた。夫婦の愛情と絆は、切っても切れない、一心同体であると信じている。

そして、私の涙が止まった時は
〝これしかない！〟〝この道しかない！〟〝心中！〟

と決意した時だった。

思い詰めた心の先には、死出の旅がひとすじの光明の道に輝いていて、二人一緒に行ける幸せに晴れやかな気持ちになった。

家に帰ってから準備もし、翌朝、いつものように病室へ入るなり、看護師

から、

「ご主人の容態が変わったの。先生の指示で救急室に移りますので準備をして下さい」

素早く主人の手を握りしめ、

「お父さん、どうしたの」

「ありがとうよ」

と言って握り返してくれた。これが最後の言葉となってしまった。

救急室へ移動して、酸素マスクを付けた後は、言葉もなく私の手を握りしめたままで一人で逝ってしまった。私の嘆きと悲しみは、言葉に言い表すことができない。

魂の抜け殻のようになってしまい、ただ呆然として立っている姿に、駆け付けた息子が
「そんな状態ではお父さんの葬式も出せないよ。お骨をお守りするのは、お母さんしかいないじゃないか」

と、身内が大勢いる前で一喝された時
〝そうだ。私がしなければ誰がする。私がしなければ〟

と考えた時、まるで人が変わったかのように立ち上がった。息子の一喝は、私を立ち上がらせてくれた。

家族一同で静かに行なう家族葬に決まり、式が無事終わり、斎場より主人の遺骨を抱いて帰る時、

「『二人で一緒に行こうね』と約束したのに、どうして一人で逝ってしまったの……」

と泣きながら問いかけると
「二人で一緒では、後で弔ってくれる者がいないからお前に頼んだよ」

私の胸の内に主人の言葉が返ってきた時、

「お父さん、そうだったんですか……」

と謎が解けて、泣いていた私がにっこり笑えた。享年87歳。

たとえ主人が遺骨となっても、夫婦の愛情の絆は変わることなく一心同体

である。そして、今後も私は、主人の遺影と遺骨に向かって生前と同様に会話をすることであろう。

老々介護の皆様へ

現在、日本の国は福祉国家となり、老々介護の費用は莫大なもので、年々増え続けております。四、五年も経てば、団塊の世代の大波が押し寄せてきます。

また、現代では核家族となり、勤めの都合上、国内はもちろんのこと、海外勤務などで遠方に住み、親を介護することができず、老々介護に委ねなければならない状態にあると思います。

しかし、満足度の高い老人ホームに入居するためには莫大な費用がかかり、年金生活者にはとても望めません。

夫婦が70、80歳ともなれば、体力は衰え、自分の身体を維持していくのが精いっぱいです。ましてや、介護するには限界があり、私のように〝もうこれまでか〟〝これしかない〟と一筋に思い詰めてしまうのが現実です。

各新聞等によりますと、老々介護の果て、殺人事件、心中事件、未遂事件の数々、表に出ているだけでも年々増え続けているとのことです。私もそのうちの一人であり、未遂に終わりましたが〝もうこの道しかない〟〝もうこれまでか〟の限界に思い詰めてしまう心情は、手に取るようにわかります。夫婦の愛情が深いほど、事件に結び付くのではと思います。

こうして書いておりましても、どこかで苦しみ、思い詰めていらっしゃる方がおられるのではないかと心配します。「どうか、思い詰めないで」「思い詰めないで」「待って下さい」

と私は叫んでおります。

静かに落ち着いて、助けを求めて下さい。きっと一番良い方法で、助けて下さいます。心から願っております。

あとがき

戦前戦後の辛苦に耐え、家族を護り、生きてきた老人。長年住み馴れた我が家を離れることもできず、家族介護にゆだね、時には「このくらいのこと、どうしてできないの」一言に耐え忍び、「早く死にたい」と泣く。老人には優しい言葉と心があれば倖せなのです。

現代若人には素晴らしい理論ばかりが一人歩きし、優しい心が失われているように思われます。どうか老人を「バカ」にしないで、優しい心で接して下さることを願って止みません。

著者プロフィール

冨田 美香（とみた みか）

愛知県在住

著書

『ボケ老人、宮下じいさん絶好調！！』（講談社　1997年8月）

『これで良いのか？躾を忘れた日本人』（文芸社　2007年6月）

92歳　バカにしないで

2021年1月12日　初版発行

著者　冨田 美香

発行・発売　株式会社三省堂書店／創英社

〒101-0051　東京都千代田区神田神保町1-1

三省堂書店ビル8F

Tel：03-3291-2295　Fax：03-3292-7687

印刷／製本　シナノ書籍印刷

ISBN 978-4-87923-070-6　C0195